映画《えいが》 ドラえもん
のび太《た》の
絵世界物語
えせかいものがたり

コロコロよみもノベル

映画《えいが》ドラえもん のび太《た》の絵世界物語

えせかいものがたり

原作《げんさく》 藤子《ふじこ》・F《エフ》・不二雄《ふじお》　文《ぶん》 伊藤公志《いとうさとし》　絵《え》 坪井裕美《つぼいゆみ》

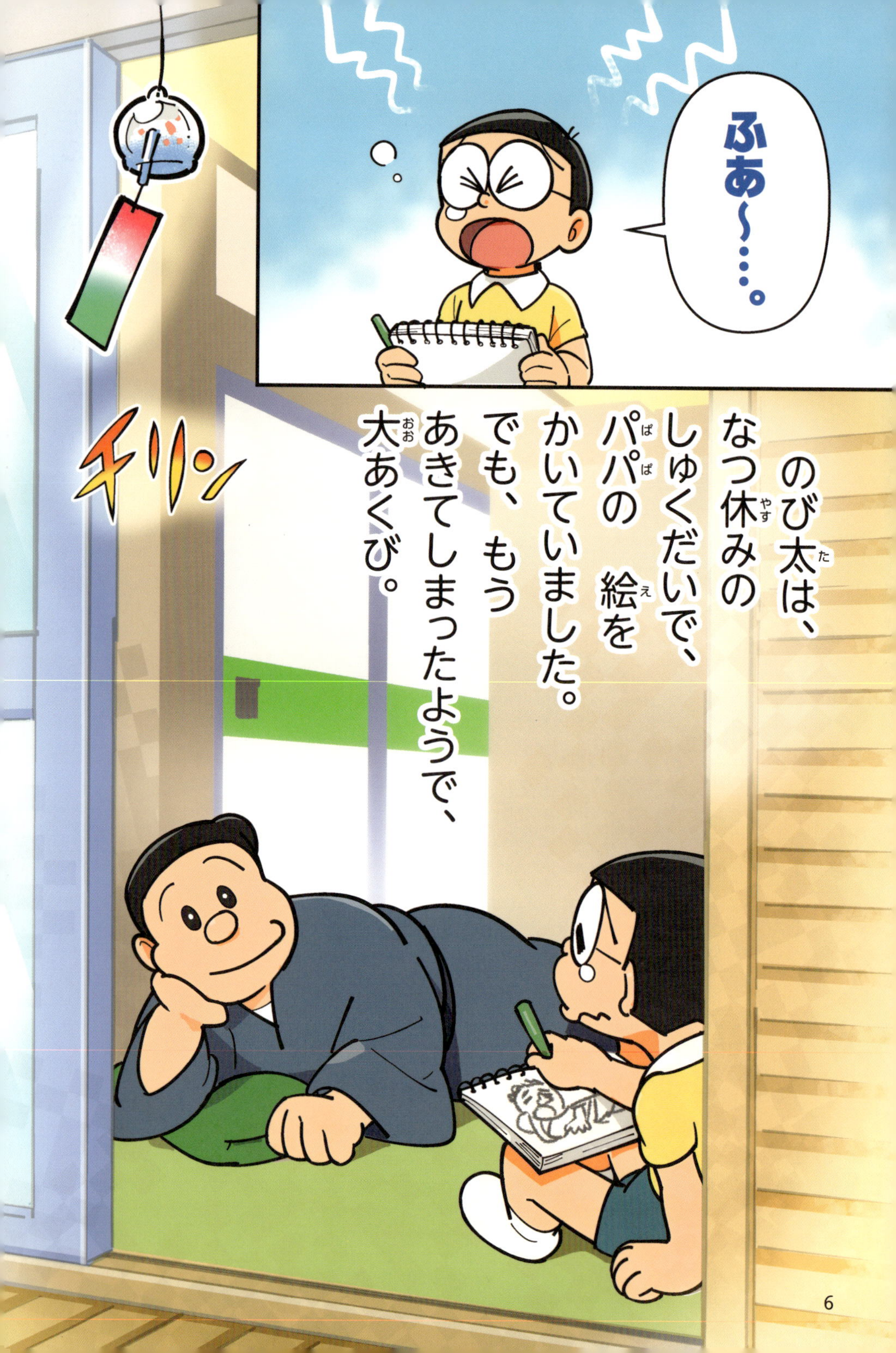

のび太《た》は、
なつ休《やす》みの
しゅくだいで、
パパ《ぱぱ》の 絵《え》を
かいていました。
でも、もう
あきてしまったようで、
大《おお》あくび。

「あ〜あ、できあがった　絵《え》でも
ふってこないかなぁ〜。」

えんぴつを　なげだして、
ねころがったら、天《てん》じょうに
ふしぎな　あなが　ぽっかり。

「なんだ？　あれ。」

あなから　なにかが　おちてきて、
のび太《た》の　あたまに　あたりました。
「イ《い》デ《で》デ《で》デ《で》デ《で》……。」
おちてきたのは……、

女《おんな》の子《こ》の　絵《え》。それも　ふしぎな　かたち。
でも、どうして　おちてきたのでしょうか？
気《き》になった　のび太《た》は、ドラえもんに
おねがいする　ことに　しました。

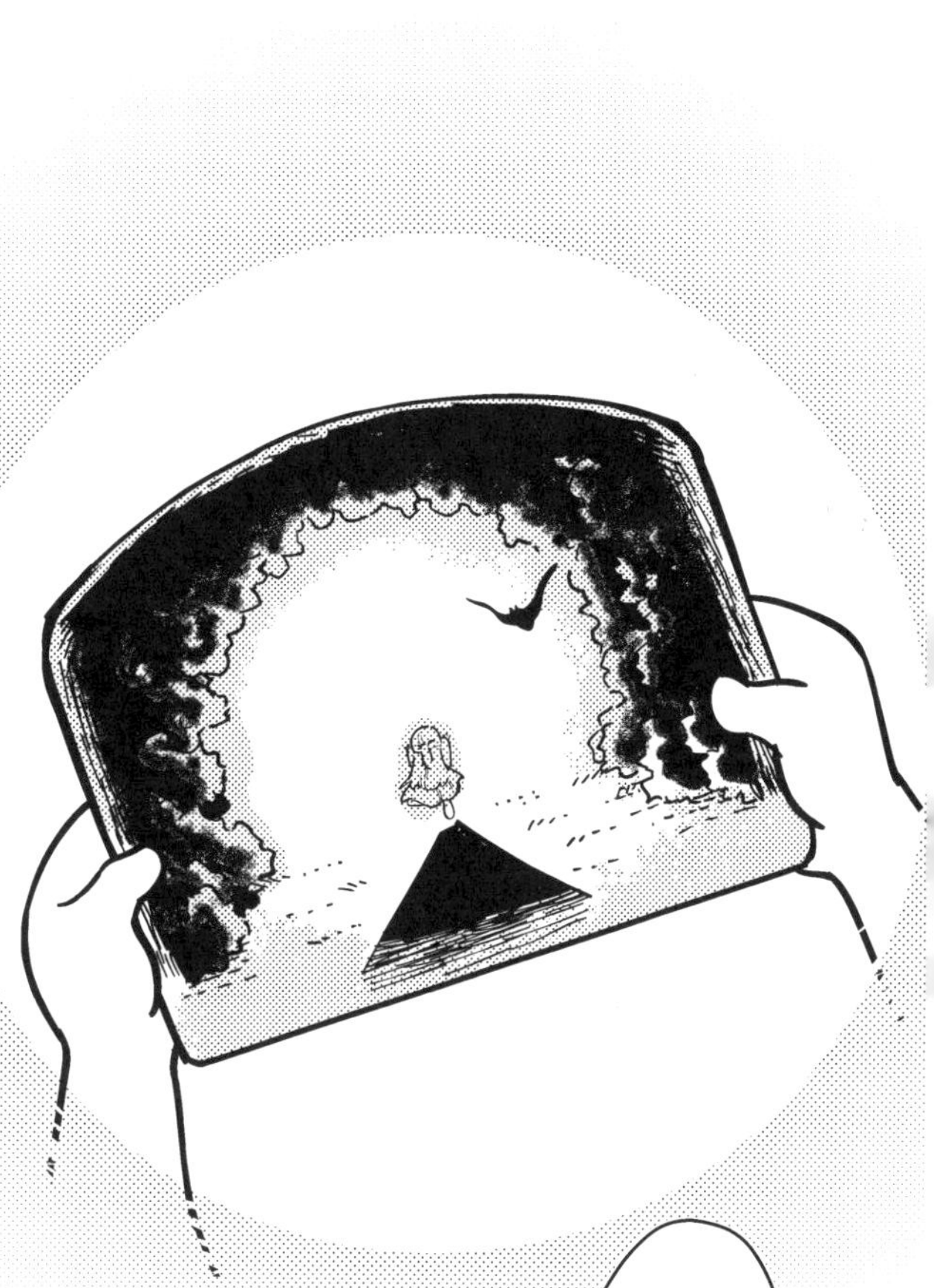

ドラ《どら》えもんの
四次元《よじげん》ポケット《ぽけっと》の
中《なか》には、みらいの
べんりな　道具《どうぐ》が
たくさん。

絵《え》の ことが
気《き》になるなら、
中《なか》の 女《おんな》の子《こ》に
きいてみよう！
どう
やって？
ドラ《どら》えもんが、
たくさんの
ひみつ道具《どうぐ》の 中《なか》から
えらんだのは……、

グルメテーブルかけ《ぐるめてーぶる》
ウマタケ《うまたけ》
コエカタマリン《こえかたまりん》
アラビンの ランプ《あらびん らんぷ》
重力ペンキ《じゅうりょくぺんき》
名刀電光丸《めいとうでんこうまる》
通《とお》りぬけフープ《ふーぷ》
タイムテレビ《たいむてれび》
水《みず》ビル建築機《けんちくき》
ころばし屋《や》
スモールライト《すもーるらいと》
お医者《いしゃ》さんカバン《かばん》
ほんやくコンニャク《こんにゃく》
とりよせバッグ《ばっぐ》
どこでもドア《どあ》
ビッグライト《びっぐらいと》
タケコプター《たけこぷたー》

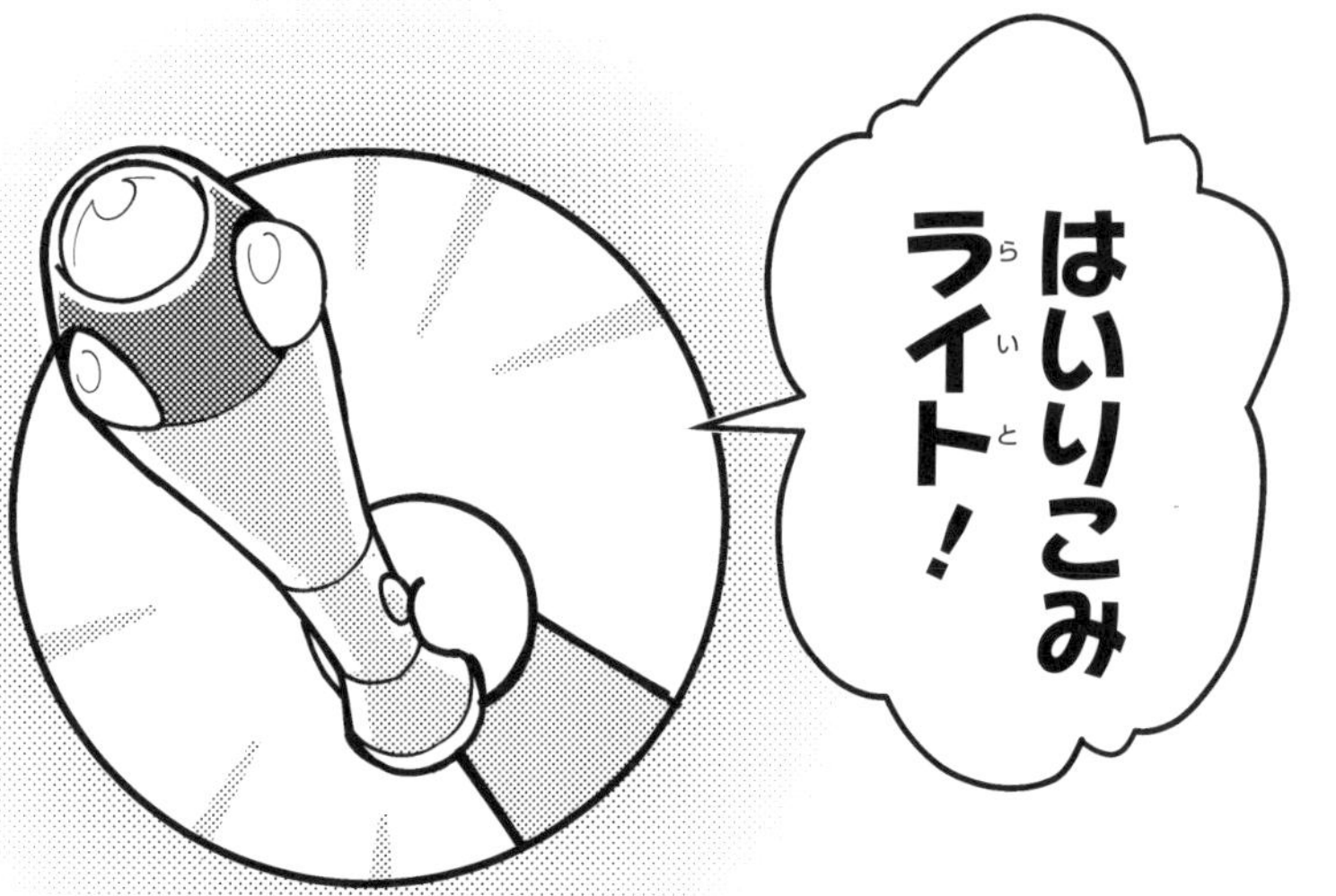

はいりこみライト《らいと》の　ひかりを　あてると、
その絵《え》の　中《なか》に　入《はい》ることが　できました。

そこは　うすぐらくて、
ふかい森《もり》。
「あ、あの女《おんな》の子《こ》だ。」
のび太《た》は、女《おんな》の子《こ》を
おいかけましたが、
すばしっこくて
なかなか
おいつけません。
女《おんな》の子《こ》は　どこに
いってしまったかと　いうと……、

そして、
のび太《た》の へや。

そのまま
フラフラ《ふらふら》と、町《まち》へ。
わぁ〜!!!

女《おんな》の子《こ》が　目《め》に　するもの
耳《みみ》に　するもの、
ぜんぶが　ふしぎ、
ぜんぶが　はじめて。
きゃあ！
あぶな〜い!!
大《おお》きな　こえを
あげたのは、しずかちゃん。

車《くるま》が　びゅんびゅん
はしっている
どうろを、女《おんな》の子《こ》が
おうだんしようと
していたからでした。
女《おんな》の子《こ》は、
しんごうきも
見《み》た　ことが　ないので、
むりも　ありません。
たけしさん！　スネ夫《すねお》さん！　あの子《こ》を　とめて～!!

ジャイアン《じゃいあん》とスネ夫《すねお》が、
ひきとめてくれた　おかげで
絵《え》の　女《おんな》の子《こ》は　ぶじでした。
そこへ、足《あし》あとを　見《み》て、
絵《え》を　ぬけ出《だ》したことに
気《き》がついた　ドラ《どら》えもんと
のび太《た》も　やってきました。

「あ、いたいた！」

「ダメ《だめ》だよ、絵《え》から　出《で》てきちゃ！」

女《おんな》の子《こ》を 絵《え》に
つれて かえろうと したら、
きいたことのない ことばを
しゃべりだしたので、
みんなは おどろきました。
この子《こ》は どこの国《くに》の
人《ひと》なのでしょうか。
そんなときは ドラえもんの
出《で》ばんです。

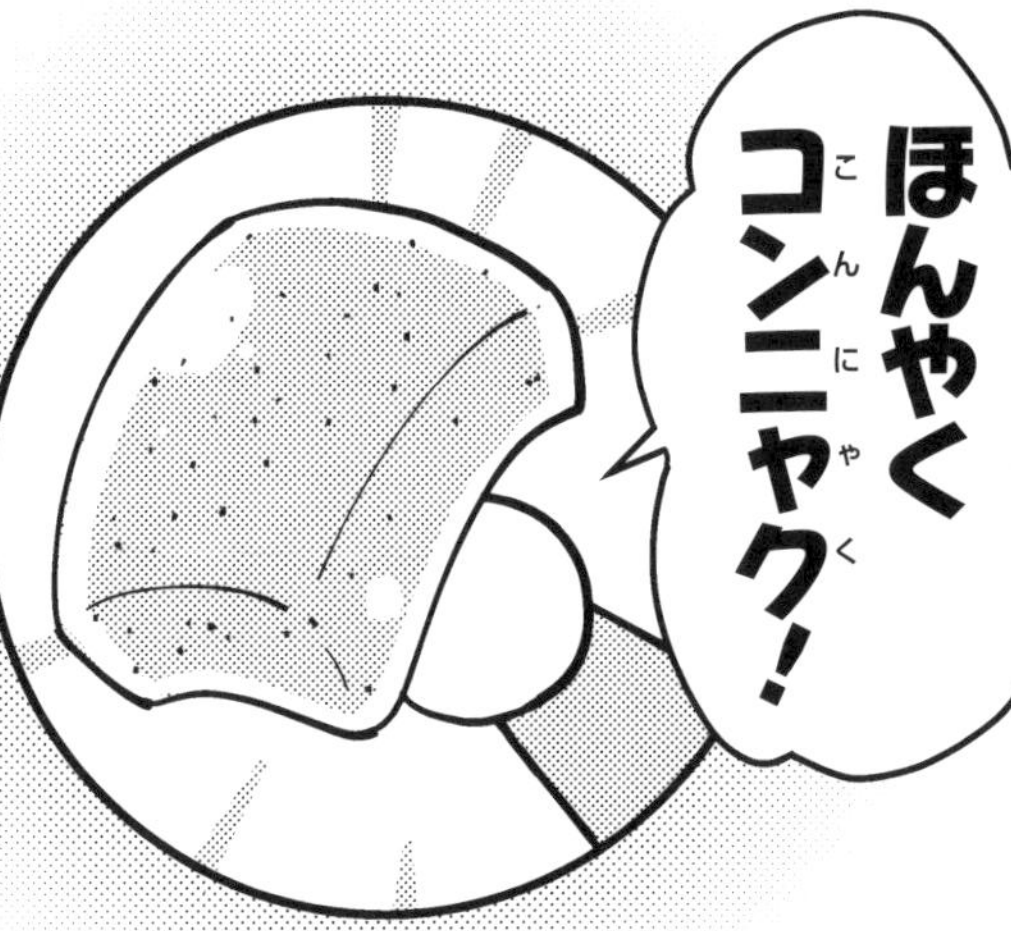

これを　たべると、
ことばが　つうじない
人《ひと》とでも、おともだちの
ように、おはなしが
できるのでした。

のび太《た》は、あたまに
おちてきた　絵《え》が、どこから
きたのか　ききましたが、
クレア《くれあ》は　しりませんでした。
そして、ぎゃくに　おねがい
されてしまいます。

「わらわの　すんでいた　城《しろ》。
アートリア《あーとりあ》城《じょう》へ
かえりたいのじゃ。」

それを　きいて、
みんなは　おどろきました。

のび太《た》の　へやから、ふたたび　絵《え》の　世界《せかい》へ
やってきましたが、どこまで　いっても　ふかい森《もり》。
クレア《くれあ》の　いっていた　お城《しろ》なんて、見《み》つかりません。

絵《え》に　かかれていないのに、お城《しろ》なんて　あるわけ　ないんじゃない？
ドラ《どら》の　まほうが　あれば、きっと　アートリア《あーとりあ》の　城《しろ》は　見《み》つけられるはずじゃ！

ドラ《どら》えもんの　ひみつ道具《どうぐ》を
見《み》た　クレア《くれあ》は、その力《ちから》を　かりれば、
きっと　かえることが　できると
しんじているようです。
そんなとき、木《き》の　上《うえ》から、
なにかが　おちてきて、
のび太《た》の　かおに　へばりつきました。

「チャイ《ちゃい》！　おどろかすのは　やめるんじゃ！」
クレア《くれあ》は　チャイ《ちゃい》の　しっぽを　つかんで
ひきはがしながら　いいました。

こやつは、森《もり》で　まよった人《ひと》を　おどろかす、せいかくの　わるい　こあくまじゃ！
キキッ《ききっ》、せいかくの　いい　あくまなんて　いる　わけねーだロ《ろ》！

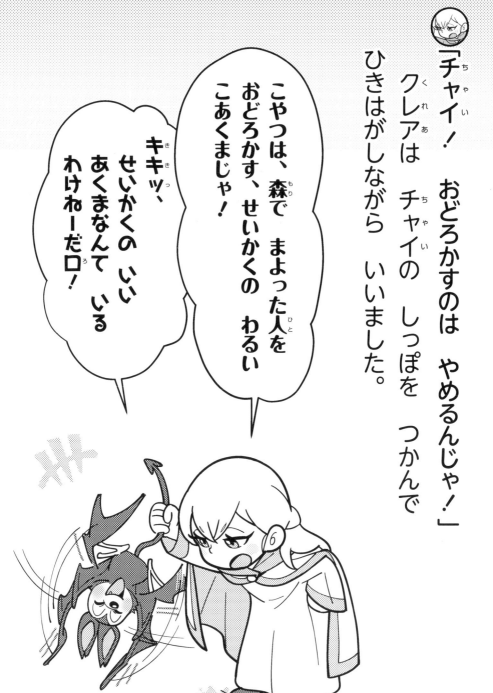

ふたりは、森《もり》で　出《で》あった
にたものどうし。そんな　チャイ《ちゃい》も
なかまに　くわわって、お城《しろ》を
さがしましたが、ぜんぜん
見《み》つかりません。それどころか、
気《き》がつくと、ドラ《どら》えもんまで
いなくなってしまったのです。

「あれ？　ドラ《どら》えもん!?」
「おい！　ドラ《どら》！　どこじゃ？」

ドラ《どら》えもんが
かおを出《だ》した　あなに、
おもいきって
入《はい》ってみると、
そこには　また　べつの
世界《せかい》が　ありました。

「さすが　ドラ《どら》！
これこそ　アートリア《あーとりあ》城《じょう》じゃ！」

かいせつ

どうやって アートリア《あーとりあ》に やってきたのか。

のび太《た》の
あたまに
おちてきた　絵《え》は、
もともと
一《いち》まいだった
絵《え》の　はんぶん。

これに　はいりこみライト《らいと》の
ひかりを　あてたから、
アートリア《あーとりあ》に　あった
もうはんぶんの　絵《え》にも
こうかが　あらわれたのでした。

お城《しろ》へ　むかう　まえに、
ドラ《どら》えもんたちは
十三《じゅうさん》せいきの　ヨーロッパ《よーろっぱ》に
あう　ふくそうに　チェンジ《ちぇんじ》！
またまた　ドラ《どら》えもんの　出《で》ばんです。
「きせかえカメラ《かめら》！」

シャッター《しゃったー》をおすだけで、きがえができちゃうんだ。はい、チーズ《ちーず》！
パシャッ
わくわく…
パシャッ
どうしてぼくだけ〜!!
ごめん、まちがえた！

アートリア《あーとりあ》城《じょう》のある　みずうみまで　やってきたとき、
絵《え》の　すきな　少年《しょうねん》、マイロ《まいろ》と　出《で》あいました。
マイロ《まいろ》は、クレア《くれあ》を　見《み》て　とても　おどろき、
もっていた　ふでを　おとしてしまいそうになる　ほどでした。

「ク《く》……クレア《くれあ》！　生《い》きていたんだね！」

マイロ《まいろ》と　クレア《くれあ》は、
おさななじみで、おないどし。
せたけも　おなじくらい
だったのに、
ひさしぶりに　あったら、
ちがって
いました。

「ぼくが　大《おお》きく
なったんじゃ　なくて、
クレア《くれあ》が　四年《よねん》まえに
いなくなった　ままの
大《おお》きさなんだよ！」
「え～っ！　どういう　こと？」
マイロ《まいろ》の　はなしを　きいて、
みんなも　びっくりぎょうてん。

マイロ《まいろ》の　はなしに　よると、
四年《よねん》まえ、空《そら》に　ひらいた
大《おお》きな　じくうの
あなに　すいこまれ、
クレア《くれあ》は　きえてしまった
ということでした。
ぼくが　天《てん》じょうで　見《み》た
あなと　にているよ!!

王《おう》さまと　王《おう》ひさま
でもある、
おとうさんと　おかあさんは、
いまも　とても　かなしんで
いるそうです。
クレア《くれあ》は　絵《え》の　中《なか》の　子《こ》
じゃなくて、じくうの　あなに
まよいこんだ　人《ひと》だったんだね！

「すぐに　城《しろ》へ　いくぞよ！！」

クレア《くれあ》は　お城《しろ》に　いそごうと　しましたが、つくころには　よるに　なりそうだったので、一《ひと》ばん　とまってから、いくことに　しました。

でも、マイロ《まいろ》の　アトリエ《あとりえ》は　みんなで　とまるには　せますぎます。

そこで　ドラえもんが、スケッチブック《すけっちぶっく》と　クレヨン《くれよん》を　とり出《だ》しながら　いいました。

「ぼくに　いいかんがえがある。
でも　そのまえに、
絵《え》が　とくいな　マイロ《まいろ》に、
かいてほしい　ものが
あるんだよね～。」

「え？　ぼくに？」

ドラ《どら》えもんは、
なにを　しようと
しているのでしょう……。

水《みず》ビル《びる》建《けん》築《ちく》機《き》！
さらさら〜
これに、マイロ《まいろ》が かいた 絵《え》を まるめて 入《い》れると……。
ゴットン《ごっとん》
スポコン《すぽこん》
ゴットン《ごっとん》
スポコン《すぽこん》

みずうみの　水《みず》を
ブロック《ぶろっく》に　しながら、
ゴットン《ごっとん》　スポコン《すぽこん》。
あっという　まに
絵《え》と　おなじ　とりでが
できあがりました。

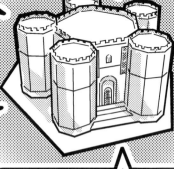

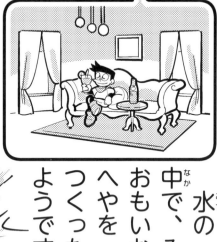

水《みず》の とりで

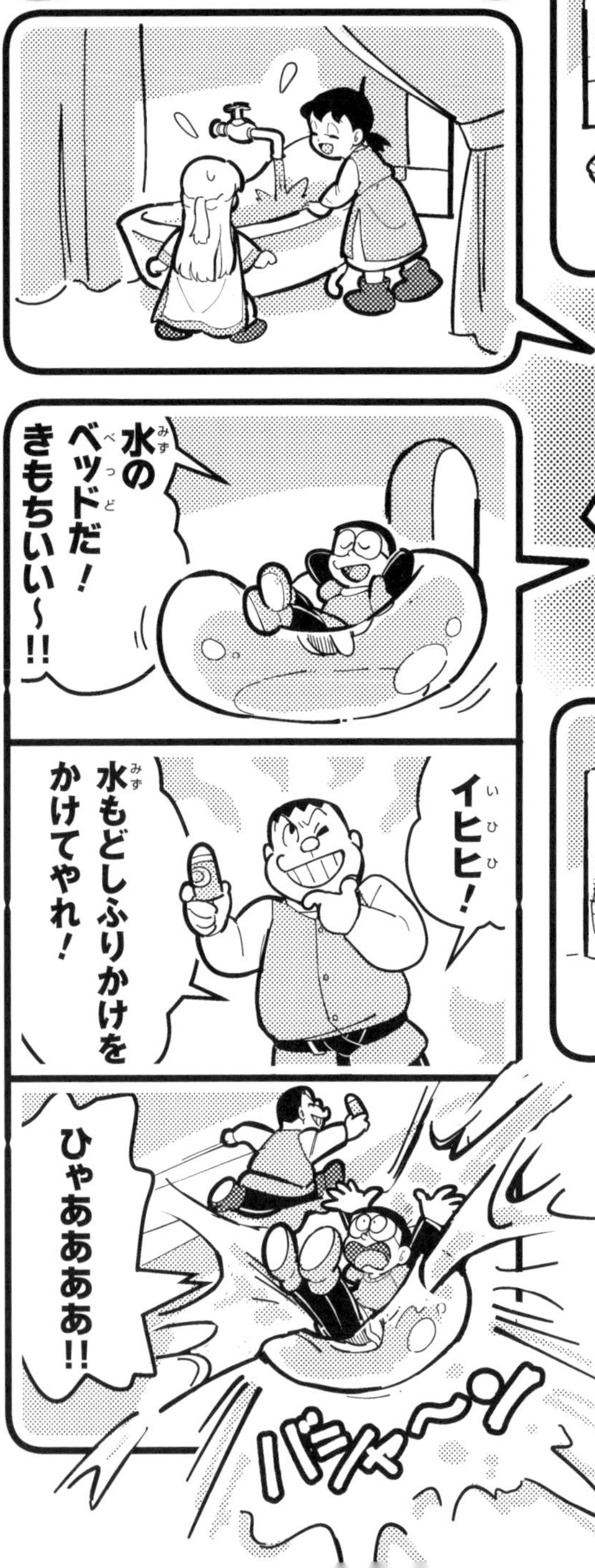

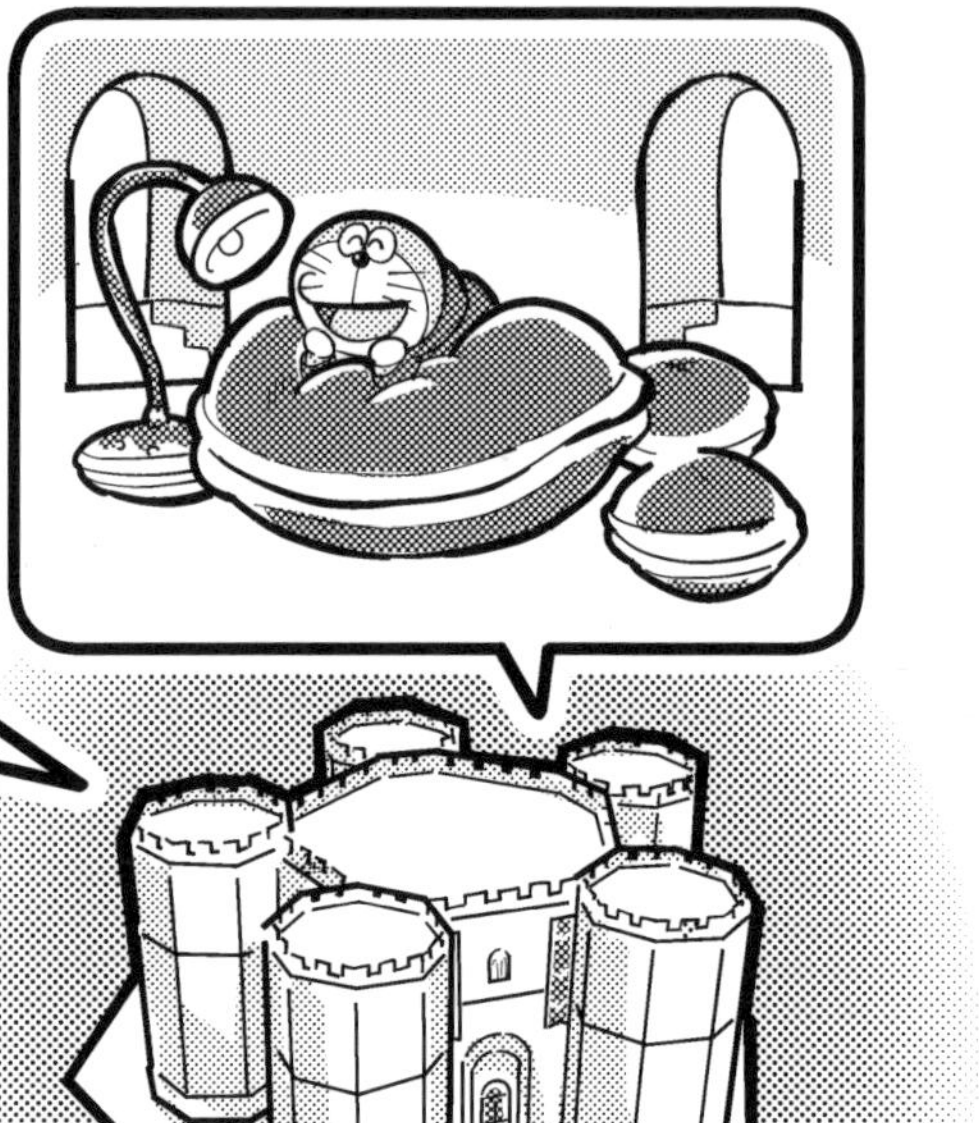

水《みず》の とりでの中《なか》で、みんなは、おもいおもいのへやをつくったようです。

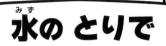

へやができたあとは、おくじょうでばんごはん。

グルメ《ぐるめ》テーブル《てーぶる》かけは、すきなたべものがなんでもどんどん出《で》てきてたべほうだい。

よる。みんなが　おなかいっぱいで
ねむっているころ。のび太《た》は　ふと
目《め》が　さめました。マイロ《まいろ》の　アトリエ《あとりえ》には
まだ　あかりが　ついています。

「まだ　おきてたの？」

のび太《た》が、行《い》ってみると、
マイロ《まいろ》は　せっせと
絵《え》を　かいていました。

「うん、もうすこし
この絵《え》を　かきすすめ
たくってね。」

「マイロ《まいろ》みたいに
絵《え》を　うまくかけたらなぁ。
ぼくは　ヘタッピ《へたっぴ》だから。」
それを　きいた　マイロ《まいろ》は
フフッ《ふふっ》と　わらって
こたえました。
「うまいのが　いい絵《え》じゃないよ。
ヘタ《へた》でも　いいから、
大《だい》すきな　ものを、　大《だい》すきだって
気《き》もちを　たっぷり　こめて　かけば　いいんだよ。」
「それで　いいの？」

「うん、そういう　気《き》もちで
かいたら、きっと　いい絵《え》が
できあがると　おもうよ。」

そう　いわれて、
のび太《た》も　絵《え》を
かいてみましたが、
やっぱり……　おせじにも
じょうずとは　いえない
絵《え》が　できあがったみたい。

そして、
そのまま　ねてしまい……。

のび太《た》の　かいた
大《だい》すきなものの　絵《え》。
これが　なんだか　わかるかナ《な》？

つぎの日《ひ》の　あさ。
クレア《くれあ》の　生《う》まれそだった
アートリア《あーとりあ》城《じょう》に　やってきました。
しかし、もんばんが　中《なか》に　入《い》れてくれません。
さらに、王《おう》さまに　つかえている
どうけしの　ソドロ《そどろ》までが　やってきて、
「こいつらは、ちかごろ
お城《しろ》の　絵《え》を　ぬすんでいる
どろぼうかもしれない。
つかまえろ！」
と、ごうれいを　かけ、
のび太《た》たちを　つかまえてしまいました。

「なにを　するんじゃ。わらわは、
この城《しろ》の　ひめじゃぞ!!」
クレア《くれあ》が　そう　さけぶと、
ソドロ《そどろ》が　大《おお》わらいしながら
お城《しろ》の　バルコニー《ばるこにー》を
ゆびさして　いいました。
「なにを　いう、クレア《くれあ》ひめなら、
ほら、あそこに　おりますぞ！」

お城《しろ》には、にせものの　クレア《くれあ》。
みんなは　なぜか　どろぼう
あつかい　されて　ろうやの　中《なか》。
これは　いったい
どういうこと　なのでしょう。
そこへ、ていさつを　おえた
チャイ《ちゃい》が　もどってきました。

「キキキッ《きききっ》。　やっぱり
ソドロ《そどろ》ってのが　あやしいぞ！」

「おもった　とおりだ。それなら
こっちにも　かんがえが　ある！」

ドラ《どら》えもんは　みんなに、
たたかうための　道具《どうぐ》を　わたしました。

マイロ《まいろ》にはこれがいい！
ほんものクレヨン《くれよん》！
これでかいた絵《え》は、ほんものになるんだ！
ポン
それじゃ、通《とお》りぬけフープ《ふーぷ》でぬけだそう!!

チャイ《ちゃい》に　あんないされた　ばしょに
いってみると、ソドロ《そどろ》と
もう一人《ひとり》の　クレア《くれあ》が、いま　まさに
絵《え》を　ぬすんでいる　ところでした。

「ソドロ《そどろ》！　やはり　おまえが　どろぼうか！
それに　わらわの　にせものも　ゆるさんぞ！」

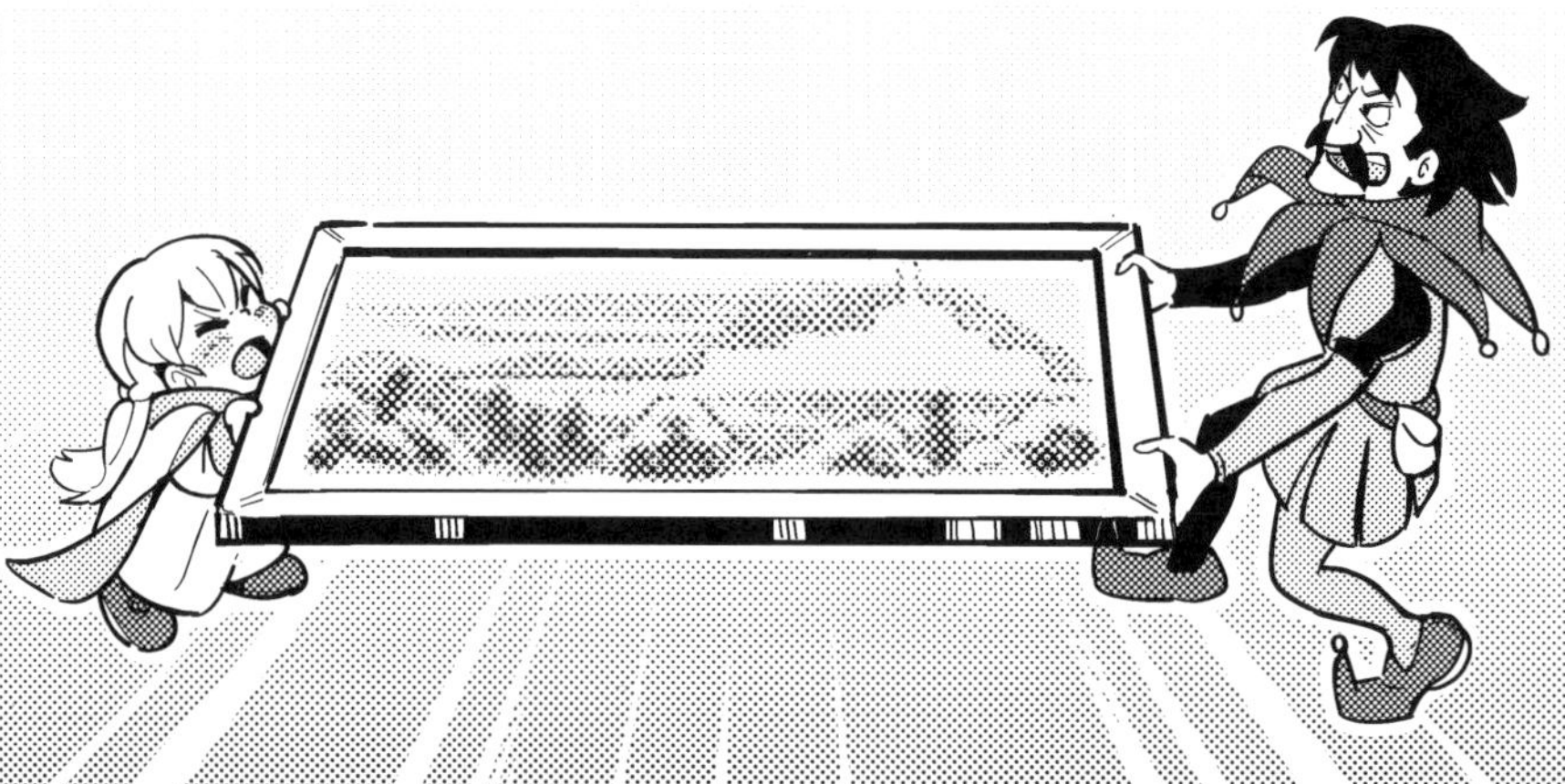

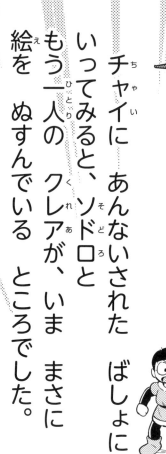

おこった　クレア《くれあ》は、
にせものの　クレア《くれあ》に
とびかかりました。

あれ？　どっち？

みんなも　どっちが
ほんものか　わからなくなって
しまいました。

クレア《くれあ》は　どっちが　ほんもの　なんでしょう?
ポカ
ポカ
スカ
ふくも　かみがたも　そっくり。　力《ちから》の　つよさも　おなじ。
そうだわ!
クレア《くれあ》ちゃん、
すきな　たべものは　なに?
もちろん!　チョコレイトウ《ちょこれいとう》じゃ!!
チョコレート《ちょこれえと》?　このじだいには　ない　たべものだぞ!　正体《しょうたい》が　ばれたな!!
なんで、　それを　おまえが　しってるんだよ!
見《み》ろ!　ソドロ《そどろ》が　このマイク《まいく》で　あやつってたぞ!

ボウン
バシッ
いま、このあなが とじたら、また 絵《え》が はんぶんに きれちまう!!
そのまえに みらいへ おさらばさせて もらう！
のび太《た》の あたまに おちて きた 絵《え》も こうして はんぶんになり 時空《じくう》を こえて やってきたのでした。
そんなに 絵《え》が すきなら、絵《え》の 中《なか》へ とじこめてやる！
しかし、そのとき!!

「なにを　ぬかす！」
ソドロ《そどろ》は、かくしもっていた
じゅうを　うちました。
パシュッ《ぱしゅっ》！
　そのたまが　あたって
はいりこみライト《らいと》が
はじけとび、
ソドロ《そどろ》に　うばわれて
しまいました。
「ほう……はいりこみライト《らいと》か、
こどもの　おもちゃに
しておくには　もったいない!!」

そうです。ソドロ《そどろ》は　みらいからきた
どろぼう　だったのです。はいりこみライト《らいと》の
つかいかたも　しっていて、
かべに　あった　あくまの　絵《え》に
その　ひかりを　あてて　いいました。

「出《で》てこい、
あんこくの　きし
イゼール《いぜーる》！
こいつらを
やっつけてしまえ!!」

なんと！ 絵《え》の 中《なか》から あんこくの きし
イゼール《いぜーる》が すがたを あらわしました。
「あいつらを じごくに
おとしてやれ!!」
ソドロ《そどろ》は イゼール《いぜーる》を
ドラ《どら》えもんたちに
さしむけます。

しかし、まほうの　ひかりを
あびせられ、いちばん　さいしょに
やられたのは
ソドロ《そどろ》の　ほうでした。
色《いろ》が　なくなり、まっ白《しろ》な
石《いし》の　ように　かたまりました。

イゼール《いぜーる》は、
すべての　色《いろ》を
うばう　おそろしい力《ちから》を
もっていたのです。そして
色《いろ》を　すいこむたびに、
つよく　なって　いきました。

さらに　はいりこみライト《らいと》を
のみこみ、その力《ちから》を　つかって
アートリア《あーとりあ》中《じゅう》の　絵《え》からも、
たくさんの　あくまを
よびだしました。みんなは、
ひっしに　たたかいましたが、

そのあいだに、
イゼール《いぜーる》は、
うばった 色《いろ》の
パワー《ぱわー》を つかって、
まっ赤《か》な りゅうに
へんしんして
しまったのです。

りゅうに　なった　イゼール《いぜーる》は、
きょうりょくな　こうせんで、
アートリア《あーとりあ》から、一気《いっき》に
色《いろ》を　うばって　しまいました。

お城《しろ》も……、
みずうみも……、
みんなまっ白《しろ》。
それだけでは　ありません。

ジャイアン《じゃいあん》、スネ夫《すねお》、しずか、クレア《くれあ》までが、
まっ白《しろ》な石《いし》にされてしまったのです。
そして……、ドラ《どら》えもんまでもが……。

「ひとまず　にげよう！」

のび太《た》は、マイロ《まいろ》と　いっしょに
タケコプター《たけこぷたー》で　にげだしました。

「あぁ、りゅうの　じゃくてんさえ
わかれば……。」

すると、チャイ《ちゃい》が
とんできました。

「それなら、知《し》ってるぞ！」

「え～っ!!」

「絵《え》から　出《で》てきた　やつは、絵《え》のぐで
できているから　水《みず》に　よわいんだ。
おいらも　そうだからな。キ《き》キ《き》キ《き》。」

「しっていたなら　早《はや》く　いってよ！」

「そんなこと　いままで
きいてこなかっただロ《ろ》？　キ《き》キ《き》キ《き》。」

りゅうは　水《みず》に　よわい　ことが
わかりましたが、もう　みずうみは
カ《か》チ《ち》カ《か》チ《ち》。水《みず》は　一《いっ》てきも
ありませんでした。

「とにかく　水《みず》の　ある　ところまで!!」

二人《ふたり》は　ひっしに
にげました。
が、そのとき　おいかけてきた
りゅうが、うしろから
こうせんを　はなちました。

タケコプター《たけこぷたー》が
はじかれ、のび太《た》は
じめんに　まっさかさま。
もう、りゅうを　たおすことは
むりだ……と、おもったとき、
のび太《た》の　まえに、どこかで
見《み》たことのある　アイツ《あいつ》が
立《た》っていました……。

のび太《た》の　かいた
ヘタッピ《へたっぴ》な　ドラ《どら》えもんが、
りゅうの　こうせんに　よって、
絵《え》の　そとに　でてきて
いたのでした。

もしかしたら
絵《え》を　かいたときに、
大《だい》すきな　気《き》もちが　あふれて
いたからかもしれません。

ミ《み》ーミ《み》ー、モ《も》ーモ《も》ー。
これはなんだろうね。
どこかで見《み》たような……。
あ! そういうことか!!
マ《ま》イ《い》ロ《ろ》! ぱちんこをかいてよ!
しゃしゃしゃ〜〜!
うん!
ぱんっ

くらえ！
ヘタッピ《へたっぴ》水《みず》もどしふりかけ～!!
バシッ

ヘタッピ《へたっぴ》な　ふりかけが
あたった　とたん、水《みず》の　とりでが、
たいりょうの　水《みず》に
もどって　ドッ《どっ》と
ながれ出《だ》しました。
これには、
さすがの　りゅうも、
ひとたまりも　ありません。
あくまたちと　いっしょに
もとの　絵《え》のぐへ　もどり、
水《みず》に　とけて　いったのでした。

こうして　たたかいは　おわり、
アートリア《あーとりあ》の　国《くに》に　色《いろ》が
もどってきたのです。

アートリア《あーとりあ》に
へいわが　おとずれました。
でも、りゅうが　とけたときに、
のみこんでいた
はいりこみライト《らいと》も　いっしょに
こわれて　しまったので、
絵《え》から　出《で》てきた
ヘタッピドラ《へたっぴどら》えもんと　チャイ《ちゃい》も、
もとの　絵《え》に　もどらなくては
いけなくなりました。

そして　もう一人《ひとり》。それは……。

いままで
いっしょに
ぼうけんを　してきた
クレア《くれあ》は、じくうの
あなに　きえて
まいごに　なったの
ではなく、やっぱり
絵《え》の　中《なか》の
人《ひと》だったのです。

「クレア《くれあ》が　いなくなったのは
ざんねんじゃが、国《くに》を
すくって　くれて　ありがとう。」

　クレア《くれあ》が　きえて　しまったのは、
とても　さみしかったのですが、
王《おう》さまや、国中《くにじゅう》の　人《ひと》たちに
かんしゃされ、のび太《た》たちは、
もとの　世界《せかい》に　かえることに　しました。
　しかし　そのとき、とつぜん、
タイムパトロール《たいむぱとろーる》が　あらわれました。
みらいから　きた　どろぼうの　ソドロ《そどろ》を
つかまえるためだと　いうのですが……。

「ここへ　くる　とちゅう、
じくうの　あなに
ただよっていたので
おとどけに　あがりました。
おひめさまを……。」

それは、六《ろく》さいの　とき、
じくうの　かなたへ　きえた
クレア《くれあ》でした。

こうして、
みんなの　しあわせを
見《み》とどけて、　のび太《た》たちは
アートリア《あーとりあ》を　あとに
したのでした。

なつ休《やす》み　さいごの日《ひ》。
のび太《た》は、しゅくだいの　絵《え》を
かいていました。
しかも、あくびを　しないで
いっしょうけんめいに。
　それは、
絵《え》を　かくのが
ちょっとだけ
すきに　なったから
なのかもしれません。
　もしかしたら、
ただ　じかんが　ないだけ
なのかもしれませんが……。

コロコロよみもノベル

映画ドラえもん　のび太の絵世界物語

原作／藤子・F・不二雄

本名、藤本弘。1933年12月1日、富山県高岡市生まれ。1951年「天使の玉ちゃん」で漫画家デビュー。藤子・F・不二雄として「ドラえもん」を中心に執筆活動を続け、児童漫画の新時代を築く。「ドラえもん」「オバケのQ太郎(共著)」「パーマン」「キテレツ大百科」「エスパー魔美」「SF短編」シリーズなど数多くの傑作を発表した。2011年9月「川崎市 藤子・F・不二雄ミュージアム」開館。執筆した原画を展示する、藤子・F・不二雄を顕彰する美術館。

文／伊藤公志

脚本家。「ドラえもん」テレビシリーズの脚本を10年以上手がけるほか、「ウルトラマンR/B(ルーブ)」「ウルトラマンクロニクル ZERO&GEED」等のシリーズ構成、「かいじゅうステップ ワンダバダ」の脚本を担当。2017年には企画／脚本賞である「第一回金城哲夫賞」大賞を受賞。

絵／坪井裕美

YMアーツ株式会社代表取締役。グラフィックデザイナー、イラストレーターとして活動。「おはなしドラえもんえほん」シリーズの「ドラえもんのポケット」「だいひょうざんのちいさないえ」「ちかてつをつくっちゃえ」「ろくおんフラワー」など、ドラえもん絵本作品の絵・イラストを多数執筆。

●この本の感想を編集部までおよせください●
あて先 〒101－8023　日本郵便株式会社神田郵便局私書箱93号
小学館コロコロコミック編集部　「コロコロよみもノベル　映画ドラえもん」係

2025年3月10日　初版第1刷発行
2025年5月18日　　第3刷発行

著　者／原作：藤子・F・不二雄　文：伊藤公志　絵：坪井裕美
企　画／柴田亮
編　集／勝山健晴、柴田亮
装　丁・デザイン／山岸優子
制　作／後藤直之、友原健太、渡邊和喜、斉藤陽子
販　売／竹中敏雄、藤河秀雄、足立冬太、北村弘充
宣　伝／根來大策、内山雄太
協　力／藤子プロ
川田哲也、中島進、佐藤大真（シンエイ動画）

発行人／縄田正樹　　編集人／益江宏典

発行所／株式会社小学館　〒101-8001東京都千代田区一ツ橋2－3－1
電　話／(編集)03－5211－2991　(販売)03－5281－3555

印　刷／株式会社DNP出版プロダクツ　　製　本／牧製本印刷株式会社

ISBN978-4-09-289810-3

映画《えいが》ドラえもん
のび太《た》の
絵世界物語《えせかいものがたり》